SEGHERS JEUNESSE

Dans la même collection

Jacques Roubaud, *Les Animaux de tout le monde*
Postface de Dominique Moncond'huy

Jacques Roubaud, *Les Animaux de personne*
Postface de Dominique Moncond'huy

Italo Calvino, *Forêt-Racine-Labyrinthe*
Postface de Benoît de La Brosse

Guillevic, *Pas si bêtes!*
Postface de Danièle Henky

J.-M.G. & Jémia Le Clézio, *Sirandanes*
Postface de Danièle Henky

Paul-Émile Victor, *Poèmes eskimo*
Postfaces d'Anne Dieusaert et de Danièle Henky

Ré & Philippe Soupault, *L'Étoile et le Nénuphar et autres contes*
Postface de Michaël Batalla

Ré & Philippe Soupault, *Histoires merveilleuses du Brésil*
Postface de Michaël Batalla

Dominique Moncond'huy, *Fabuleux fabulistes*

Guillevic, *Humour blanc et autres fabliettes*
Postface de Christian Bulting

JACQUES ROUBAUD

LES ANIMAUX DE PERSONNE

Postface de Dominique Moncond'huy

SEGHERS JEUNESSE

ISBN 978-2-232-00008-9

Pour commencer

L'auteur aux animaux

C'est vous les animaux, les animaux
Dont nul ne parle, nul ne dit mot
De Cucuron à Carcassonne
Pauvres Animaux de Personne !

Les animaux

rüelbär ! cuchumbi ! manaviri !!
aswail ! fiael ! fraess ! vielfrass ! jerf ! dimug !
[rosomaka !
hyrax ! hyrax ! sakie ! byssinicus !
pitpit ! pitpit ! press ! press ! press ! tana !!

L'auteur aux animaux

Nul ne vous dit « qu't'es beau ! » « qu't'es laid ! »
On ne vous voit pas à la télé
On ne vous rencontre pas dans l'Essonne
Pauvres Animaux de Personne !

Les animaux

baunachtigall ! alzarabo ! drossling !
garegara ! garae ! gagak !
tarout ! tara ! paguma ! simr !
tschagra ! tschagra ! marimonda ! aru !

L'auteur aux animaux

Vous avez beau mugir dans les prés
Dans les océans dans les forêts
Nul n'a peur de vous nul ne frissonne
Pauvres Animaux de Personne !

Les animaux

Cara-rayada ! mirikina ! taschach !
schmalschnauzige ! manato ! mato !
peixe-buey ! apcia ! apia !
schnabeldelfin ! sousouk ! sousouk !

L'auteur aux animaux

Mais maintenant tout va changer
Grâce à moi vous êtes vengés
Enfin l'heure de gloire sonne
Pour les Animaux de Personne !

Les animaux

bisamochse ! moschusochse !
ducker ! duykerbok ! impoon !
Halleluja ! Halleluya !

karkeferenungit !
amwinkelon'y'sonj' !
Halleluja ! Halleluya !

safi ! ena ! safi ! ena !
yurumi ! bettong ! bettong !
Halleluja ! Halleluya !

petaurist ! non opossumus !
gebun ! scham-scham ! o zambares !
Halleluja ! Halleluya !

zisel ! susel ! simor ! simor !
gerboa ! gerboa ! poa !
Halleluja ! Halleluya !

lumme ! lumme !
Halleluja ! Halleluya !
Halleluja ! Halleluya !

Le Potoroos

Le Potoroos vit dans la plaine
Dans la plaine d'Australie
Mais on ne le voit qu'à peine
Dès qu'un Australien s'amène
Il se blottit dans son nid

Avec sa queue il arrache
Des herbes de son pays
De l'avoine ? de la bourrache ?
Il les emporte il se cache
Au-dessous bien à l'abri

Immense immense est la plaine
La grande plaine d'Australie
On voit des kangourous, des hyènes
Des crocodiles aussi
Mais le Potoroos a fui.

Chant des Australiens :

Quand l'aurore aux doigts de rose
Se lève sur l'Australie
Sautons au bas de nos lits
Partons sans faire de pause
Découvrir le Potoroos.

L'Atèle Beelzébuth

Le diable s'attelle à la séduction
du petit Atèle
(c'est sa profession).

Il voudrait son âme
pour sa collection
choisit le programme de l'opération.

« Veux-tu des bretelles ? de l'or, des actions ? »
« Moi ? rien », dit l'Atèle
sans hésitation.

« Elles me laissent de marbre
tes propositions
rester dans mon arbre c'est ma vocation.

Trop penser me cause de l'irritation
et de l'ankylose
d'articulations.

Cherche sale diable
ailleurs ta ration
d'âmes achetables pour dégustation. »

Le diable menace l'Atèle, riant,
fait tant de grimaces
qu'il fuit en hurlant.

L'Acrobate

L'Acrobate est une espèce
D'écureuil marsupi-al
Ses deux couleurs principales
Qui sont le noir et le blanc
Sont nettement séparées

Voyez voyez l'Acrobate
Avec ses petites pattes

Ses yeux sont bordés de noir
Le blanc de ses yeux est blanc
Ses oreilles sont noires devant
Mais sont blanches vers l'arrière

Voyez voyez l'Acrobate
Noire et blanche est sa cravate

Quand l'Acrobate est assis
Des deux côtés de son corps
Sa membrane en forme d'aile
Tombe mais sans faire un pli
Et de sa bordure blanche
Dessine comme un manteau
Qui lui couvre les épaules

Voyez voyez l'Acrobate
Le champion de la varappe

L'Acrobate a deux passions
Équitation la première
(Il monte en compétition
Un hippocampe à crinière)
La deuxième, me croira-t-on ?
La Biologie moléculaire

Voyez voyez l'Acrobate
Inconnu dans les Carpates

La Gerboise

La Gerboise se réveille
Dans son lit de sable
Secoue le sable de sa fourrure
De ses pattes couleur de sable
Lave son ventre de sable blanc
Lave son dos de sable gris
Trempe ses pattes dans son bol de lait
Les lèche

Le soleil monte comme une grosse orange
Sur les sables du désert
Un rayon de soleil
Chatouille les moustaches
De la Gerboise

La Gerboise s'assied
Sur sa queue de sable roux
Prend un grain de muscat entre les dents
Plonge ses incisives inférieures
Dans la chair tendre
Du grain de raisin
Passe sa langue sur ses dents
Pendant 7 minutes
Pour boire tout le jus

La Gerboise prend son cartable
Embrasse sa mère gerboise
Prend son élan
S'élance sur le sable
En 7 secondes elle traverse
Le Sahara
L'Algérie
La Méditerranée
La Provence
La Bourgogne
La Champagne
Et le département de l'Oise.

Le Lièvre Variable

Le Lièvre dort les yeux ouverts
En faisant claquer ses mâchoires
Ça lui fait trembler les oreilles
Et sans arrêt il se réveille

Au printemps le Lièvre est gris
Souvent le Lièvre varie.

Le Lièvre mange des trèfles
Des saules nains, des violettes
Et de l'écorce de daphné
Qui lui chatouille le nez

En été le Lièvre est roux
Le Lièvre change beaucoup.

Le Lièvre part en promenade
En sautillant dans les salades
Il suit les charrettes de foin
Glanant des épis, mais de loin

En automne le Lièvre est brun
Il a encore changé de teint !

Le Lièvre a fui les chasseurs
Dans le terrier de la marmotte
Choisir celui du renard
Eût été une grave faute

En hiver le Lièvre est blanc
Le Lièvre varie tout le temps.

Le Mouton à Grosses Fesses

(Le lever)

Le soleil sort de la nuit noire
Le Mouton sort de sa baignoire
Il mange un yaourt à la poire.
Avant de partir à la foire
Il met ses roses bermudas,
Choix discutable je le confesse
Pour un Mouton à Grosses Fesses.

(le mouton au bureau)

Le soleil fait de gros efforts
Le Mouton sue par tous ses pores
Mais il a beau baisser le store
La chaleur monte et monte encore
Car nous sommes en Ouganda
Pays un peu loin de la Perse
Patrie du Mouton à Grosses Fesses.

(le mouton au bureau, suite)

Le soleil dépasse les bornes
Le Mouton sue jusqu'à ses cornes

Il décroche son téléphone
Encore un appel du cap Horn
La sueur trempe son agenda
Cela fera fondre ma graisse
Pense le Mouton à Grosses Fesses.

(la sieste)

Le soleil penche sur les cimes
Le Mouton pense à son régime
Une biscotte ? du gouda ?
Hélas ! il va dans sa cuisine
Où le chocolat le fascine
Ensuite sous la véranda
Il sombre en une lourde sieste
Malheureux Mouton à Grosses Fesses !

(le soir)

Le soleil rentre dans sa boîte
Le Mouton va danser en boîte
Il prend la biche entre ses pattes

La regarde de ses yeux moites
Et dit « aimez-vous Dalida ? »
Choix surprenant je le confesse
Chez un Mouton à Grosses Fesses.

(le retour)

Le soleil dort dans la nuit noire
Le Mouton est au désespoir
La biche l'a chassé sans gloire
Elle a dit « non, mais quelle poire ! »
En partant avec le panda
Il est très dur je le confesse
D'être un Mouton à Grosses Fesses.

Le Dugong

Avec sa tête d'hippopotame
Avec sa nageoire de poisson
On l'a observé bien souvent
Allongé paresseusement
Au fond de la mer il arrache
De ses grosses lèvres les algues
Et tranquillement il les mâche.

Dugong ! Dugong !
Va donc, eh, Dugong !

Quoi ? des soupirs à fendre l'âme ?
Quoi ? des plaintes ? quel est ce son
Qui nous arrive dans la mousson
Qui souffle sur l'Indien océan ?
Ces gémissements qui s'arrachent
Du Dugong ? C'est qu'il n'a plus d'algues.
Il va falloir qu'il che déplache.

Dugong ! Dugong !
Va donc, eh, Dugong !

Le Capricorne à Bézoard

Des poèmes nombreux ont chanté ta beauté
Comme ils sont en sanscrit il serait difficile
D'en faire ressortir les cadences subtiles
D'une description je me contenterai.

Tu ressembles beaucoup au daim. Plus élancé
Ta tête est assez ronde et tes pattes
[sont minces
Leurs sabots élégants, comprimés,
[mais leurs pinces
Médiocres, aplaties, noires, très émoussées.

D'un large cercle blanc de poils bien entourés
Tes yeux sont grands et vifs,
[leurs fosses lacrymales
Sont telles que tu peux pleurer à volonté
Chose peu répandue dans le règne animal.

Tes cornes contournées en spirales, nombreuses
Dix, vingt et trente même à la fin de ta vie
Sont plus ou moins marquées
[d'annulaires saillies.
Tu te nourris d'écorce et d'herbes savoureuses.

Et que dirai-je plus, ô fringant Capricorne ?
Je dirai ton secret et ta grande gloare
C'est dans ton estomac cacher le bézoard
Guérisseur des poisons qui abrègent nos vies.

(Le bézoard est cette boule salutaire
D'herbe et de poils brassés, secoués, triturés
Que ton bide mûrit tout au long des années
Tu le lègzozumains par voie testamentaire.)

Le Couscous Tacheté

Dans les considérables forêts
Des îles Moluques et sombres
Vit le Couscous Tacheté
Dans la paresse et dans l'ombre.

Couscous, Couscous
Couscous aux yeux rouges
Méfie-toi de tous
De tout ce qui bouge.

Son poil est laineux et long
De la couleur du pois chiche
Il ne possède pas de maison
Car le Couscous n'est pas riche.

Couscous, Couscous
Couscous aux yeux rouges
Méfie-toi de tous
De tout ce qui bouge.

Il se nourrit simplement :
La banane est à son goût
Et la moelle de sagou
(Fruit moluquais succulent).

Couscous, Couscous
Couscous aux yeux rouges
Méfie-toi de tous
De tout ce qui bouge.

De sa queue en hameçon
Il s'accroche aux basses branches
Tout le jour sans faire un son
Il pend, remuant des hanches.

Couscous, Couscous
Couscous aux yeux rouges
Méfie-toi de tous
De tout ce qui bouge.

Pour attraper le Couscous
Pas besoin d'arc ni de flèches
Ni de fusil à trois coups
Ni même de canne à pêche.

Couscous, Couscous
Couscous aux yeux rouges
Méfie-toi de tous
De tout ce qui bouge.

Il suffit de s'approcher
De ses yeux rouges dans l'ombre
Et fixement le fixer
Il pisse de peur et tombe.

Couscous, Couscous
Couscous aux yeux rouges
Méfie-toi de tous
De tout ce qui bouge.

Le Tamanoir Noir

Avez-vous vu le Tamablanc
Pain noir pain gris pain bleu pain blanc

Je n'ai jamais vu de Tamablanc.

Avez-vous vu le Tamagris
Œil bleu œil blanc œil noir œil gris

Je n'ai jamais vu de Tamagris.

Avez-vous vu le Tamableu
Ciel gris ciel noir ciel blanc ciel bleu

Je n'ai jamais vu de Tamableu.

En revanche j'ai parfaitement vu le Tamanoir. Il est entré dans son manoir. Sans allumer un seul de ses bougeoirs, il a mis ses bottes noires, il les a cirées avec du cirage noir, il a peigné sa crinière noire. Il est sorti de son manoir. Il faisait une nuit noirement noire. Il a tiré sa langue noire de 41 centimètres de long et 9 millimètres d'épaisseur, en forme de cône très allongé. Il l'a plongée dans la fourmilière et a empêgué dessus 5335 fourmis rouges qui avaient l'air de fourmis noires tant il faisait noir. Il les a mangées une par une en dégustant chaque petite goutte d'acide formique sur la pointe de sa langue noire de Tamanoir.

Le Céphalophe Raseur

poème rasoir

Si vous partez courir à l'aventure
Dans la savane il faut faire attention
À deux dangers : chacun a sa nature
Chacun demande de grandes précautions.

Des deux dangers le premier est le moindre :
Le Léopard désire vous manger !
Il n'est certes pas utile de peindre
L'inconvénient qui peut en résulter.

Envers le Léopard, se montrer ferme
Très simplement lui dire : « Pas question ! »
Et s'il fait mine d'insister : « La ferme ! »
Il s'en ira, plein de confusi-on.

Bien pire est la rencontre au coin des lianes
Du Céphalophe au sourire si doux
Qui rampe silencieusement dans la savane
Et qui soudain apparaît devant vous.

Cette antilope à large bande blanche
Sur le dessous et le dessus de l'œil
Très élégant, bien peigné (le dimanche)
À robe rousse comme l'écureuil,

Est de tous les animaux de ce monde
Le plus bavard et le plus ennuyeux.
Interminablement il vous raconte
Avec des larmes d'éloquence dans les yeux

L'histoire des chaussettes de sa grand-mère
Qui rétrécies au lavage par chaleur
Excessive à la lessive lui serrent
Trop les sabots. Tel est le Céphalophe Raseur.

Unique solution alors : la fuite.
Vous faites un croc-en-jambe à l'animal
Et vous fuyez aussitôt en Égypte
Ou prenez le premier avion en partance
[pour le Népal.

Le Sanglier aux Oreilles en Pinceaux

Il s'appelle Vincent.

Le Paradoxure Larvé

S'il y a une histoire d'animaux qui laisse à désirer
C'est bien celle des paradoxures et assimilés.

On n'a même pas encore fixé le nombre
de leurs espèces
Beaucoup restent entourés d'une obscurité
épaisse.

Pour ne pas trop m'étendre et risquer
de vous énerver
Je ne parlerai ici que du Paradoxure Larvé.

Tout le monde a remarqué la morosité
permanente de cet animal
On pense qu'elle est due à la honte
qu'il éprouve à cause de ses glandes anales.

Ce sont elles qui rendent sa fréquentation
excessivement désagréable
Il n'est pas du tout recommandé
de l'inviter à votre table.

Certains affirment qu'il a des vers : un ténia,

disent-ils, ou même des oxyures
Voilà ce qui rend irritables ces régions
nauséabondes du corps du Larvé Paradoxure.

Il y a ensuite sa queue qu'il rencontre
constamment sur sa route
Sur l'utilité et l'emploi de cet appendice
il semble nourrir les plus grands doutes.

À propos de nourriture signalons qu'il mange
des ananas et des grains de café
Comme il les rejette immédiatement
cela fait le plus mauvais effet.

Mais je crois malgré tout que ce qui afflige
le plus cette pauvre bête
C'est son nom. « Paradoxure,
passe encore », m'a-t-il dit, « mais Larvé !
On s'est payé ma tête ! »

Le Lamantin Austral

« **J**e ne suis pas une vache
Dit le Lamantin, je mâche
Des herbes pour mon repas
Mais je ne rumine pas »

Le Lamantin
N'est pas né à Saint-Quentin

« Je ne suis pas un cheval
Dit le Lamantin, j'ai mal
Quand longtemps je ne respire
C'est ça qui me fait hennir »

Le Lamantin
N'habite pas à Pantin

« Je nage dans l'Orénoque
Dit le Lamantin, je croque
Salades et croûtons de pain
Que je prends avec les mains »

Le Lamantin
Évite Romorantin

« Je suis sensible de l'âme
Dit le Lamantin, je brame
Dans la mer pendant des heures
Quand je lis l'*Odyssée* je pleure »

Le Lamantin
A fui la Chaussée-d'Antin

« On dit que je suis sirène
Dit le Lamantin, je peine
Pour dissiper cette erreur
Qui me transperce le cœur »

Le Lamantin
Se retire sur l'Aventin.

Le Nyctipithèque Douroucouli

Les orangers bougent dans l'orangerie
Les pastèques coulent dans le vent coulis
Près du Nyctipithèque Douroucouli.

Le ramier roucoule comme le courlis
Dans la discothèque, le nid, le tipi
Du Nyctipithèque Douroucouli.

Le rio Paraguay s'écoule et s'enfuit
Il se roule en boule dans les éboulis
Le Nyctipithèque Douroucouli.

Il a peur du rouge du feu des bougies
Quand les mouches le touchent il pousse des cris
Le Nyctipithèque Douroucouli.

Pour lui point de foule de houle de roulis
Le Pecq ou La Mecque. Il reste au pays
Le Nyctipithèque Douroucouli.

L'Ovibos

« Quel climat épouvantable
Que celui de la toundra
Nous sommes dans de beaux draps
Notre vie est lamentable ! »

Ah ! c'est pas une vie
Ah ! c'est pas beau
D'être un Ovi-
D'être un Ovibos

« En avril brouter sans trêve
La pauvre herbe des marais
En août encore de l'herbe !
Des lichens en février ! »

Ah ! c'est pas une vie
Ah ! c'est pas beau
D'être un Ovi-
D'être un Ovibos

« Porter nos jambes épaisses
Et notre museau obtus
Avec les moustiques aux fesses
Dans la grande steppe herbue ! »

Ah ! c'est pas une vie
Ah ! c'est pas beau
D'être un Ovi-
D'être un Ovibos

Le Kinkajou Potto

Alexandre von Humboldt
Possédait un Kinkajou
Il l'aimait son Potto, son pote
Il l'embrassait sur les joues.

Et le Kinkajou passait
Douce, extensive, sa langue
Sur la barbe bien brossée
Du savant en toutes langues.

Il faudrait se lever tôt
Pour trouver plus insolite
Que l'amour du grand linguiste
Pour son Kinkajou Potto.

Alexandre avait, dit-on,
Ô merveille naturelle
Deux coqs de roche femelles
Joyaux de sa collection.

Or un jour le Kinkajou
Recevut un télégramme
Qui venait de la Louisiane
Où pousse le bel acajou.

C'était de sa vieille mère :
« Faut qu'tu revienn' zaussitôt
Suite décès à ton père
Roi des Kinkajous Pottos. »

Alexandre n'était pas là
Et le Kinkajou (c'est moche !)
Tua les poulettes de roche
Et partant les emporta.

Les sens de cette aventure
C'est que le Kinkajou n'est
Pas un ours. Un ours n'aurait
Jamais pris la précaution
D'emporter des provisions
Ce n'est pas dans sa nature.

Le Coati Sociable

Dans la cordillère des Andes
Au fond des grandes forêts
Vont les Coatis en bandes
En grognant dans les fourrés.

Ils grognent, ils grognent, ils grognent,
Sans jamais se séparer
Ils grognent, ils grognent, ils grognent,
Pleins de sociabilité.

On entend jusqu'en Islande
On entend jusqu'en Corée,
Zélande, Nouvelle-Zélande
Hollande, Courlande, Irlande,
Ostende, Mende, Marmande,
Tende, Villessèquelande,
Samarkand, Chamarande,
Jutland, Betchouanaland,
Jusqu'au département des Landes,
Du fond des grandes forêts
De la cordillère des Andes,
Les grands Coatis grogner.

Ils grognent, ils grognent, ils grognent,
Sans jamais se séparer
Ils grognent, ils grognent, ils grognent,
Pleins de sociabilité.

Le Coati Solitaire

Mais le Coati Solitaire
S'en va grogner tout seul

Il ne supporte pas
Les grognements incessants
Des autres Coatis

Il a déjà assez de mal
À supporter
Les siens.

Le Lycaon

Le poète :
– J'ai rencontré un Lycaon
Dans l'avenue Mac-Mahon.

Jean-Yves C. :
– Un Lycaon ? Un Lycaon ?
Dans l'avenue Mac-Mahon ?

Le poète :
– J'ai rencontré un Lycaon
Qui venait de Yanaon.

Jean-Yves C. :
– Un Lycaon ? Un Lycaon ?
Qui venait de Yanaon ? *Et pourquoi pas de Pondichéry, de Chandernagor, de Karikal ou de Mahé ?*

Le poète :
– J'ai rencontré un Lycaon
Qui arrivait d'Ispahan.

Jean-Yves C. :
– Un Lycaon ? Un Lycaon ?
Qui arrivait d'Ispahan ? *Ça ne rime même pas !*

Le poète :
– J'ai rencontré un Lycaon
Dans la ville de La-on.

Jean-Yves C. :
– Un Lycaon ? Un Lycaon ?
Dans la ville de La-on ?

Le poète :
– J'ai rencontré un Lycaon
Qui était beau comme un pa-on.

Jean-Yves C. :
– Un Lycaon ? Un Lycaon ?
Qui était beau comme un pa-on ?

Le poète :
– J'ai rencontré un Lycaon
Poursuivi par un ta-on.

Jean-Yves C. :
– Un Lycaon ? Un Lycaon ?
Poursuivi par un ta-on ? *En plus on dit « Laon » pas*
« La-on », on dit « paon » pas « pa-on »
et on dit « taon » pas « ta-on » !

Le poète :
– J'ai rencontré un Lycaon
Noble comme un pharaon
Il dévorait un fa-on.

Jean-Yves C. :
– Un Lycaon ? Un Lycaon ?
Noble comme un pharaon
Qui dévorait un faon ?

Pourquoi pas ?

Le Glouton Boréal

Le Glouton du Kamtchatka
Met ses bottes et sa chapka
Il s'en va voir sa grand-tante
Pour une affaire importante
Comme elle habite en Islande
Il emporte un petit en-cas :

1 douzaine de souris
2 douzaines de lemmings
3 chevreaux
5 moutons
6 vaches
9 rennes
11 élans
14 castors
18 saumons
23 lagopèdes

Pour faire passer le tout
Dans le nord de la Norvège
Il suce un grand bol de neige
Mais il a encore faim.

Son ventre est plein
Et tendu comme un tambour
Il n'y a plus de place
Alors entre deux sapins il passe
Deux sapins serrés, serrés
Ça lui comprime le ventre
Il chie :
Ça le soulage
Et il mange :

encore 1 douzaine de souris
encore 2 douzaines de lemmings
encore 3 chevreaux
encore 5 moutons
encore 6 vaches
encore 9 rennes
encore 11 élans
encore 14 castors
encore 18 saumons
encore 23 lagopèdes

Au bord des glaciers scandinaves
Le Glouton dort.

Il rêve et bave.
Il rêve qu'il mange un gros porc
Bien gras
Et pour dessert
Une aurore boréale.

Le Chat Ganté

Le Chat Botté enfile ses bottes,
Ses belles bottes de sept lieues
Dans son fourreau il met sa rapière
Il lisse ses moustaches
Devant son miroir
Il va se battre en duel
À l'aube
Pour les beaux yeux d'une chatte
À sept minutes de là
Avec le Chat Ganté.

Le Chat Ganté enfile ses gants
Ses beaux gants de sept minutes
Dans son fourreau il met sa rapière
Il lisse ses moustaches
Devant son miroir
Il va se battre en duel
À l'aube
Pour les beaux yeux d'une chatte
À sept lieues de là
Avec le Chat Botté.
Il y a deux témoins

Le Chat Huant
Qui crie comme un putois
Et le Chat-
Poe
Qui est sourd.

Les épées sortent des fourreaux
Les lames brillent
Le Chat Botté
Fait un bond de sept lieues en arrière
Mais le Chat Ganté
Saute sept minutes en avant
Et quand le Chat Botté réapparaît il lui passe
Sa rapière à travers le corps.
Le Chat Botté expire
Le Chat Ganté essuye la lame dans l'herbe
La rentre dans le fourreau
Lisse ses moustaches
Prend une poignée d'herbe à chat
Dans sa tabatière
En quelques bonds il s'en va
Conquérir le cœur de la belle
Chatte
Hier.

Le Maki Mococo

Le Maki Mococo
Son kimono a mis
Pour un goûter d'amis :
Macaque et Okapi
L'Macaque vient d'Macao
L'Okapi d'Bamako.

Le Maki Mococo
Fait goûter ses amis
Pas de macaronis
Mais d'un cake aux kiwis
D'esquimaux au moka
Et kakis en bocaux
Quart de lait de coco
Cacao ou coca
Dans des bols en mica.

« Qui joue au mikado ? »
dit l'Maki Mococo
Le Macaque dit oui
L'Okapi ne dit mot.
L'Macaque est un coquin
L'acolyte Okapi
Est du même acabit.

Le Macaque qu'a un coup
Pour gruger les gogos
Rafle tous les kopeks
Du Maki Mococo.

« Ah, mais, quoqu'c'est quoqu'ça ?
Dit l'Maki Mococo
Ton bien est mal acquis »
Le Macaque dit « quoi ? quoi ? »
« Qui ? Qui ? » dit l'Okapi.

Le Macaque démasqué
Par le Maki Mococo
Prit sa kalachnikov
Acquise à Malakoff
De Pépé le Moko
Qu'en canne il maquilla
C'est kif-kif Chicago.
Mais le Maki Mococo
Au menton les boxa
Le Macaque est K.-O.
L'Okapi dans l'coma.

« Ah, mes jolis cocos
Comme vous êtes comiques ! »
Dit le Maki Mococo
Saisissant son Kodak
Pour immortaliser
Cette scène à jamais
En un bel emaki
À vendre sur les quais
Conti ou Malaquais
Et qu'on ne l'oublie plus.

Le Maki Mococo
Est né à Mexico.
Il s'appelle Dudu.

Le Colocolo

« Chère maman, chères sœurs,
Je suis à la colo
C'est le Colocolo
Qui est notre moniteur.

Il a 65 centimètres
De la queue au museau
Toute blanche est sa tête
Il est vraiment très beau.

Amoureuses nous sommes
Du beau Colocolo
Sa fourrure un peu jaune
Rayée noir sur le dos.

Au début nous étions treize
Avec le Colocolo :

Y avait Line
Y avait Tine
Y avait Justine et Sabine
Y avait Bette
Y avait Miette
Y avait Yvette et Rosette

Y avait Nane
Y avait Liane
Y avait Éliane et Josiane

Et y avait Ignaize.
Au début nous étions treize.

Le Colocolo emmène
Chaque jour une de nous
Ils vont courir dans la plaine
Mais je ne sais pas où.

Quand il revient à la colo
Il a des plumes plein la gueule.
Je serai bientôt toute seule
Avec le Colocolo.

signé : *« Votre poulette qui vous aime. »*

L'Agrobate Rubigineux

On prétend que le Rossignol
Est le champion de la sonate
En clé de *fa*, en clé de *sol*
« Je conteste », dit l'Agrobate.

L'Agrobate Rubigineux
Répand de l'Espagne à la Grèce
Son gros chant oléagineux
Aux rustiques notes agrestes.

L'Agrobate lance un défi
Au Rossignol dans le journal
Au micro des radios locales
Sur tous les appareils hi-fi.

« Agrobate Rubigineux
Je suis le seul oiseau moral
Toi Rossignol libidineux
Ton chant porno est un scandale ! »

« Agrobate tu n'es qu'un serin »
Répond le Rossignol, de même,
Qui triomphe à Rome, à Berlin
Dans *Madame Chrysanthème*.

Un sondage télévisé
Donne au Rossignol l'avantage
L'Agrobate dépité
Retourne dans son village.

Le Zorille Varié

Si le lièvre est variable
Le zorille est varié
Il est d'apparence aimable
Il ne faut pas s'y fier.

Ce qui varie chez le zorille
(Nul ne peut s'y habituer)
C'est, tout au long de sa vie
Ses manières de puer.

Car il pue des amygdales
Car il pue des trous de nez
(On l'appelle rhabdogale
Pour cette propriété.)

Mais le pire est ce liquide
Qui ne lui sort pas du cœur
On le surnomme en Afrique
Père de la Puanteur.

Il lève la queue et arrose
Le chien qui le poursuivait
Ce n'est pas d'une eau de rose
Que le chien est abreuvé.

Comme ce sont surtout les mâles
Qui font ce liquide infect
Sortir de leur trou de balle
Pendant le rut, on s'inquiète

Pour mesdames les zorilles
On m'a même raconté
Que certaines, révoltées,
Leur préfèrent des gorilles.

Le Souslik

Souslik, Souslik
Réveille-toi
Entends la musique
Le printemps est là

C'est à l'automne que la vie sociale
Du Spermophile Souslik s'interrompt
Il consulte une dernière fois le journal
Et se retire dans sa chambre à provisions

Tout l'été il a couru dans la plaine
Taches rondes et blanches sur son dos brun
Sous ses longues moustaches ses bajoues
[sont pleines
Il est voleur comme un Arsène Lupin

Il a raflé tout ce qu'il pouvait : du trèfle
Des pois cassés, des lentilles, du sainfoin
Des pommes, des poires et des nèfles
Il a fait son lit de feuilles dans un coin

Il serre dans ses pattes sa femelle
Museau à museau pendant que l'hiver
Tempête et neige, que le Dniepr gèle
Que le hurlement des loups transperce l'air

Dans de petites chambres latérales
Les petits dorment sous leurs édredons
Pleins de coton de peuplier ; dans la salle
À manger la table en rhododendron

Le donjon est à plus d'un mètre sous terre
Le pont-levis est dressé, les couloirs
Bouchés : silence et mystère
Le Souslik ronfle dans le noir.

Souslik, Souslik
Réveille-toi
Entends la musique
Le printemps est là

Le Plataniste

Quand j'ai rencontré un dauphin
Sur les rives du fleuve Gange
En train de fouiller dans la fange
(Sans doute une petite faim)
Très vite j'ai sorti ma liste
S'agissait-il d'un Plataniste ?

Je lui ai dit : « zouzou ! zouzou ! »
C'est comme cela qu'on le nomme
Au bord du Gange (pas à Rome)
Je l'ai attrapé par le cou
Étais-je sur la bonne piste ?
Tenais-je enfin un Plataniste ?

Il avait bien trente-deux dents
Dans son long bec plus aucun doute
Je pouvais reprendre ma route
L'esprit serein le cœur content
Heureux comme un naturaliste
Qui a trouvé un Plataniste.

Habitants de ce noble fleuve
Permettez-moi de vous dire ceci :
Si vous trouvez parfois votre riz
Rongé, n'accusez pas sans preuve
Le dauphin, ce serait trop triste
Si vous tiriez sur le Plataniste.

Le Téléphone

Dans les herbes, dans les buissons
Dans les fleurs bleues, rouges ou jaunes
C'est pour entendre ta chanson
Que je t'appelle ô **Téléphone.**

Gaie comme celle du pinson
Celle de la grive en automne
Si douce qu'elle donne le frisson
Est la note du **Téléphone.**

Très peu utile est l'hameçon
Sans intérêt le saxophone
Pas besoin de tant de façons
Pour la prise du **Téléphone.**

À l'époque de la mousson
Pour fuir l'orage qui l'étonne
Il court et tombe chez les poissons
À l'eau, à l'eau, le **Téléphone.**

Plumages bruns, plumages blonds
Plumages roux comme l'automne
Ces cous courts ou bien ces cous longs
Ce sont des cous de **Téléphone.**

Becs ouverts avec conviction
Piaillant jusqu'à s'en rendre aphones
Pour réclamer double ration
Tels sont les fils du **Téléphone.**

Fin comme le papier canson
Comme le bec de la cigogne
Ou la truffe du hérisson
Tu as beau nez ô **Téléphone.**

Mais on dit qu'il a l'ambition
D'être élu maire de Carcassonne !
Je crains que dans ces conditions
Las on ne rie du **Téléphone.**

Le Plongeon Glacial

Le jour polaire paraît. Le soleil s'appuye sur la banquise, rouge comme une grosse groseille. La banquise est blanche. Le Plongeon est au bord de la banquise. Il étend sa serviette de bain. Il passe son tout petit bikini rouge. Il bat des ailes 3 fois : noir blanc, noir blanc, noir blanc. 317 mètres plus bas, l'océan polaire brille, immobile, bleu. Une baleine passe en bâillant.

Le Plongeon lisse ses plumes. Prend un grand bol d'air glacé dans sa gorge rousse. Prend son élan et

P

l

o

n

g

e

Renseignements complémentaires

Nous avons proposé aux animaux qui le désiraient de se présenter eux-mêmes en quelques lignes. Voici les réponses que nous avons obtenues.

Le Potoroos

Je suis un rat-kangourou. Essayez un peu de m'attraper quand je me cache.

Le Mouton à Grosses Fesses

J'ai de grosses fesses, d'accord. Ce n'est pas une raison pour ne parler que de ça.

Le Céphalophe Raseur

Adressez-vous à mon agent.

Le Sanglier aux Oreilles en Pinceaux

Je m'appelle Vincent.

Le Lamantin Austral

Sur l'Aventin le lamantin ? C'est lamentable ! Je vis dans la mer, moi, comme Cousin Dugong (et je pisse dans l'Orénoque.)

L'Ovibos

Ah ! c'est pas une vie

Ah ! c'est pas beau

D'être un Ovi-

D'être un Ovibos

Le Kinkajou Potto

Bien que je ressemble à un petit ours, je ne suis pas un ursidé ; je ne suis pas non plus une belette. J'ai une très longue queue que j'enroule autour des branches des arbres comme les singes hurleurs.

Le Coati Sociable

J'ai 1,05 m de long, dont 50 cm de queue ; ma hauteur est de 30 cm. J'habite dans la cordillère des Andes, au fond des grandes forêts. Mon museau est long. Je le fourre dans chaque trou en grognant. Je ne me déplace jamais seul, mais avec d'autres coatis qui grognent comme moi.

Le Coati Solitaire

Je ne réponds jamais à aucune question.

Le Lycaon

Je suis plus grand que le loup. Je suis un animal des steppes. Rapide comme la steppe, sauvage comme la steppe, l'esprit actif.

Le Glouton Boréal

On exagère toujours. En réalité, je n'ai mangé que :

1 douzaine de souris

2 douzaines de lemmings

3 chevreaux

5 moutons

6 vaches

9 rennes

11 élans

14 castors

17 saumons et pas 18

23 lagopèdes

Le Maki Mococo

Maké ! Maké ! Mais qu'es aco ? De Mexico le Maki ? Ça va pas le bocal Roubaud ? Je suis de Madagascar, c'est un fait acquis. Et si je grimpe aux murs c'est que je suis un lémure. Maké ! Maké !

L'Agrobate Rubigineux

J'habite tantôt en Grèce, tantôt en Espagne, tantôt en Algérie. Le comte Van der Mühle dit que je ressemble au rossignol. Le rossignol n'est pas d'accord, bien entendu.

Le Zorille Varié

On me traite de putois africain. Mais moi j'ai du poil aux pattes. Et je pue beaucoup plus que ce pauvre putois.

Le Téléphone

Je suis un oiseau à la queue longue et aux ailes courtes.

Le Plongeon Glacial

Je plonge.

CARNET D'ADRESSES

Certains animaux, las d'être « de personne », ont désiré appartenir :

L'Acrobate	à Charlotte Borel
L'Agrobate Rubigineux	à Matthieu Lusson
L'Atèle Beelzébuth	à Marie B.
Le Capricorne à Bézoard	à Marie Peyraube
Le Céphalophe Raseur	à B.-H. L.
Le Chat Ganté	à Werther Getzler
Le Coati Sociable	à Florence D.
Le Coati Solitaire	à Fl. Davoine
Le Colocolo	à Paul Fournel
Le Couscous Tacheté	à Laurie Cousseau
Le Dugong	à Gérard & Sylvie
La Gerboise	à Catherine Ficat
Le Glouton Boréal	à Burp
Le Kinkajou Potto	à Jean-Claude Miller
Le Lamantin Austral	à Marion Brunhes
Le Lièvre Variable	à Florence Delay
Le Lycaon	à Jean-Yves Cousseau
Le Maki Mococo	à Dudu
Le Mouton à Grosses Fesses	à Claude Royet-Journoud
Le Nyctipithèque Douroucouli	à Claire Roubaud

L'Ovibos	à Fanny Garcier
Le Paradoxure Larvé	à M. & Mme Zorille
Le Plataniste	à Laurence Roubaud
Le Plongeon Glacial	à Sarah Clément
Le Potoroos	à Tom Raworth
Le Sanglier aux Oreilles en Pinceaux	à Miguel Rio Branco
Le Souslik	à Francine Perceval
Le Tamanoir Noir	à Éric Audinet
Le Téléphone	à Jean-Luc Gervasoni
Le Zorille Varié	à M. Paradoxure

Postface

de Dominique Moncond'huy

Extrait du numéro 31 (1er avril 2002) de *La Gazette des explorateurs lexicographes*

Le vengeur démasqué ?

Après Jacques Arago au XIXe siècle (*Voyage autour du monde sans la lettre A*), Jacques Roubaud a fait, lui aussi, tel Ulysse, un beau voyage. C'est à Tonbooktwo, capitale mondiale des jeudemoïstes réunis en congrès une fois l'an, que nous l'avons rencontré. On l'ignore trop, Jacques Roubaud, s'il est mathématicien et compositeur de poèmes (il a notamment donné un recueil intitulé *Trente et un au cube*), grand amateur de nombres et auteur d'une entreprise de mémoire en prose, s'affirme encore comme un naturaliste exceptionnel, lancé dans une ambitieuse entreprise de redécouverte d'animaux injustement oubliés, abandonnés à l'épaisseur des dictionnaires et connus des seuls spécialistes. Après avoir chanté *Les Animaux de tout le monde*, il récidive avec *Les Animaux de personne*, qui s'affirme d'emblée comme l'envers du précédent projet. Avec ce dernier ouvrage, il entend bien « venger » ces animaux « dont nul ne parle » et, par une forme de paradoxe, en faire, par la publication de ce livre, de nouveaux animaux que chacun pourra s'approprier. Au reste, la présence de « La Licorne » au nombre des *Animaux de tout le monde* préparait le terrain : l'appartenance à tous (ou à quelques-uns) peut bien relever, ou paraître relever, de l'imaginaire...

C'est dans une auberge que nous avons retrouvé le « vengeur » des animaux oubliés, une auberge curieusement tenue par un Flamand expatrié et dénommée « Le poteau rose », en plein cœur de Tonbooktwo. Certes, le Mali et sa capitale, ce n'est pas le Pérou, ni sa capitale en verlan. L'endroit, cependant, pouvait être accueillant et favorable à un entretien discret. Comme à son habitude, Jacques Roubaud est arrivé avec sa casquette (celle qui lui sert à saluer bêtes et personnes) et son sac, toujours plein de poèmes.

« Vous êtes bien l'envoyé de *La Gazette* ? Comment vous appelez-vous ? » m'a-t-il demandé. Intimidé, j'aurais volontiers répondu « Personne », tel Ulysse face au cyclope. Mais le beau voyage, c'était bien lui qui l'avait fait, et les animaux du livre étaient les siens... Je déclinai donc mon identité avant de l'interroger sur son périple.

Le poète-naturaliste, il nous l'a confirmé en citant ses poèmes, a parcouru le monde, de l'Australie au Sahara, de la Louisiane à l'Ouganda, de Macao au Kamtchatka, sans oublier Bamako, Mexico et le Paraguay, des steppes à la savane, des îles Moluques au Gange en passant par la cordillère des Andes, mais encore de Cucuron à Carcassonne en traversant (curieux détour) le département de l'Essonne.

Il en a rapporté l'évocation de bien des animaux, trente exactement, en trente poèmes, trente et un plus exactement encore, si l'on ajoute « Pour commencer », le texte initial. Intrigué, j'allais l'interroger sur ce nombre premier quand je me souvins de son amour du haïku, ce très court poème japonais (5+7+5 syllabes), et plus encore du tanka, autre forme japonaise imitée par Roubaud et ses amis ; les poètes adorent imiter les autres poètes, réécrire leurs poèmes : c'est un clin d'œil, et c'est une manière de leur rendre hommage. Le tanka compte 31 syllabes en 5 vers. Ici, 31 poèmes, dont beaucoup comptent des vers de 5 ou 7 syllabes…

Surtout, je m'interrogeai sur le choix de ces animaux-là, réunis comme en un vieux cabinet de curiosités, tel qu'on les concevait au XVIe siècle, ces lieux où l'on rassemblait toutes les « merveilles » de la nature que l'on pouvait collectionner, rapporter de voyage ou acquérir. « Merveilles » au sens ancien du terme : choses ou êtres suscitant la curiosité, voire l'admiration par leur rareté et leur étrangeté, que Dieu les ait créés ou que les hommes les aient conçus. Un crocodile naturalisé pouvait donc coexister, dans ces cabinets, avec un canoë ; pourquoi pas un nyctipithèque et un combiné téléphonique ? Le bézoard (dans « Le Capricorne à bézoard ») m'avait mis sur cette piste, le bézoard, autrefois tenu pour posséder des vertus médicinales et à ce titre considéré comme un talisman.

Il est vrai que ces animaux « de personne » sont bien étranges… « Qu'est-ce qui les caractérise, interrogeai-je ? Qu'est-ce qui les qualifie pour figurer dans ce recueil ? »

« Beaucoup de choses, complexes, et au moins une très simple », me répondit le poète, d'un ton tout simple et finalement très énigmatique. Je n'étais pas très avancé...

Je proposai plusieurs réponses, guettant la réaction de l'auteur. « Un bon nombre de ces animaux sentent mauvais ; c'est peut-être pour cela qu'on les connaît mal et que personne n'en veut : on n'a pas envie de les approcher... (*Petits rires*). Un bon nombre de ces animaux sont des êtres un peu hybrides, qui paraissent appartenir à deux espèces à la fois, ou plutôt que les hommes pensent par référence à d'autres espèces. Et comme on ne sait pas trop quoi en faire, on n'en veut pas. »

« Pourquoi pas ? » répliqua le poète ; et, comme je n'étais pas dupe, j'ai bien compris qu'il citait la fin de son poème « Le Lycaon », qui renvoie lui-même au navire de Charcot, l'explorateur des pôles. Décidément, il n'était pas un interlocuteur facile... Heureusement, la sonnerie du téléphone retentit alors avec force et me rappelant au bon moment le dernier vers de chaque strophe du poème du même nom, trop beau pour être au net.

« Mais au moins, avouez que vous en avez inventé quelques-uns, “Le Téléphone” par exemple », finis-je, agacé.

« Pas du tout, répliqua-t-il : c’est un oiseau à la queue longue et aux ailes courtes, comme je l’ai indiqué à la fin du livre. Tous ces animaux existent : je les ai d’abord trouvés dans un ouvrage du XIXe siècle, *Les Merveilles de la nature* d’un certain Brehm, mais enfin ils sont tous réels. » Fallait-il le croire ? Existait-il donc bien un oiseau qui répondait au doux nom de « Téléphone » ? Au fond, peu importait : l’oiseau peut bien exister, c’est l’homme qui l’a nommé ainsi. Et tous ces animaux sont peut-être les victimes du nom qu’on leur a donné (comme « Le Paradoxure larvé » !). Il était temps de leur rendre la parole.

« Tout parle en mon ouvrage, et même le Souslik », confirma alors le poète, paraphrasant La Fontaine. « “Le Kinkajou Potto” s’achève d’ailleurs, comme dans une fable, par une sorte de moralité », lui fis-je remarquer, histoire de bien montrer que j’avais lu de près ses poèmes. En poésie, tout est possible, même de faire parler les animaux, en effet, comme dans « Pour commencer » – ou bien les

Australiens, comme dans « Le Potoroos », où la dernière rime fait tout découvrir... Les rimes ont souvent plein de révélations à faire...

« Ce qui importe, insista l'auteur, c'est de n'être pas "le plus bavard et le plus ennuyeux" des animaux, ce qui est au demeurant normal pour un "raseur" ». Le « Céphalophe » est donc bien victime de son nom, lui aussi ! pensai-je brusquement. C'est sans doute un peu cruel, dans le « Carnet d'adresses », de l'attribuer à un philosophe contemporain. Mais les poètes ne sont pas toujours tendres... Et d'ailleurs, que de violence dans ce livre ! On se mange (quelle cruauté que « Le Colocolo » ! pas plus cynique que lui, nom d'un chien !), on ruse, on se court après, on se bat, comme dans ce « Chat Ganté » digne de Mère Grand et de Père Haut, qui paraît cependant n'être écrit que pour parvenir au jeu de mots final, redoublant celui qui achevait la deuxième strophe avec le chapeau d'Edgar qui, s'il a du pot, n'est pas sourd.

Heureusement, il y a des couples ou des duos : gorille et zorille, paradoxure et zorille (voir le « Carnet d'adresses »), et puis, dans « Le Kinkajou

Potto », Humboldt, car ils sont deux, Alexandre et Wilhelm ; et le linguiste, c'est le second, tandis que le premier fut un explorateur et un grand savant. Au fond, Roubaud est un peu les deux à la fois, comme il est à la fois lui-même et une plume par qui résonne encore la voix (et les fautes grammaticales délibérément inventées, à l'image du « recevut » dans le même « Kinkajou » !) de tel personnage de son cher Queneau : « Faut qu' tu revienn' zaussitôt » à moins que ton poème, « Tu le lègzozumains par voie testamentaire »...

En voyant la mine réjouie de mon interlocuteur, j'en vins à penser que, décidément, il aimait à rire. Le dugong, j'ai vérifié, existe bien et correspond à ce que le grand naturaliste a rapporté. Mais enfin, n'est-ce pas pour le refrain que le poète le fait intervenir ? « Dugong », ça fait 6 lettres ; 5, le connaissant, ça lui plairait davantage : enlevons donc le *g* final (7e lettre de l'alphabet) et remplaçons le premier *g* par un *c* (3e lettre de l'alphabet) ; après tout, il y a bien dans le volume un « acrobate » et un « agrobate »... Ou bien prenez un accent un peu germanique, et vous verrez... Et comme le poète aime à rire, il joue sur les noms de ces pauvres animaux, mais il en joue après les avoir observés, c'est-à-dire en essayant de présenter leurs caractères et de nous les faire connaître. Le tamanoir, c'est un nom qui fait rêver... et qui avait déjà suscité l'inventivité d'un autre grand poète, Robert Desnos :

Le Tamanoir

– Avez-vous vu le tamanoir ?
Ciel bleu, ciel gris, ciel blanc, ciel noir.
– Avez-vous vu le tamanoir ?
Œil bleu, œil gris, œil blanc, œil noir.
– Avez-vous vu le tamanoir ?
Vin bleu, vin gris, vin blanc, vin noir.

Je n'ai pas vu le tamanoir !
Il est rentré dans son manoir,
Et puis avec son éteignoir
Il a coiffé tous les bougeoirs,
Il fait tout noir.

Dans ce poème des *Chantefables*, Desnos jouait sur les mots. Roubaud, lui, réécrit Desnos et joue de son texte, il l'interprète à sa façon ; mais il réplique encore, sur la page de droite, par un texte très dense, compact (ça grouille de lettres noires !) – et il a pris la peine de compter les fourmis : c'est bien un savant. Évidemment, on peut se demander s'il les a bien comptées, s'il ne s'est pas trompé ; peu importe : 5335 (toujours et 3 et 5...), c'est un palindrome – qui n'est pas un animal exotique...

« Vous connaissez Van Gogh ? » me demanda-t-il soudain. Il voulait me tester, visiblement. Je tendis l'oreille. « Celui qui, dans l'Oise, s'est mis au vert », poursuivit-il.

« Oui, Vincent, le peintre ». Pourquoi me parlait-il peinture ? À cause des pinceaux en soies dures, comme sur le flanc du sanglier ? Peut-être voulait-il plutôt me rappeler que la poésie ne relève pas seulement des sons : elle est aussi espace, occupation de l'espace de la feuille ; elle a son territoire, comme l'animal, et son territoire n'est qu'à elle : elle l'occupe comme bon lui semble. Ainsi « Le Coati Sociable » s'étale largement, tandis que « Le Coati Solitaire » est tout resserré, dans son coin de page. Vincent, lui, il occupe le centre de la page, et le blanc, c'est comme ses oreilles. À la fin du livre, il y a la chute, celle du plongeon, évidemment, bien verticale.

Oui, mais le « Carnet d'adresses », alphabétique, change tout : il attribue chacun des animaux à une personne en particulier. « N'est-ce pas un paradoxe, puisque ces animaux ne sont à personne », dis-je timidement ?

« Pas du tout : ils sont au poète qui leur donne vie à sa manière, et aux lecteurs. Ils sont donc à chacun de nous, si nous faisons l'effort de nous les approprier. Mais c'est toujours le poète qui nous guide, y compris avec cette table qui propose un autre ordre de lecture, suscitant des rapprochements nouveaux. Décidément, à la fin du recueil, rien n'est fini... » Je terminai l'entretien songeur.

On s'est séparés rue de Tombouctou. Lui se dirigeait, me dit-il, vers la Butte-aux-Cailles : il allait visiter un ami demeurant impasse des Bœufs et il m'annonça, avec un sourire malicieux, qu'il emprunterait, au prix d'un parcours plus sinusoïdal que rectiligne, l'avenue du Coq, la rue Poulet et la rue Poussin, ce qui lui permettrait d'offrir à son hôte, à son arrivée, un poème tout frais sur les animaux de la basse-cour. Était-ce une plaisanterie ? Se moquait-il de moi ? Je savais bien qu'il écrivait des poèmes en marchant dans les rues de Paris, mais tout de même... Interloqué, je ne sus que répondre et me contentai de le remercier, avant qu'il ne tourne les talons. Je pris la rue aux Ours, pensif. Un peu plus loin, je profitai de l'ombre d'une longue rangée de platanes, entendant encore la voix du poète. Puis je passai devant un cinéma où l'on jouait *Tirez sur le pianiste*, un vieux film de Truffaut. Ça m'a rappelé un poème du livre, et son dernier vers. La poésie a toujours le dernier mot.

De notre envoyé spécial à Tonbooktwo,
Jim Gutmannsreader

Table

Pour commencer 7
Le Potoroos 11
L'Atèle Beelzébuth 12
L'Acrobate 14
La Gerboise 16
Le Lièvre Variable 18
Le Mouton à Grosses Fesses 20
Le Dugong 23
Le Capricorne à Bézoard 24
Le Couscous Tacheté 26
Le Tamanoir Noir 28
Le Céphalophe Raseur 30
Le Sanglier aux Oreilles en Pinceaux 32
Le Paradoxure Larvé 33
Le Lamantin Austral 35
Le Nyctipithèque Douroucouli 37
L'Ovibos 38
Le Kinkajou Potto 39
Le Coati Sociable 41
Le Coati Solitaire 43
Le Lycaon 44
Le Glouton Boréal 47
Le Chat Ganté 50
Le Maki Mococo 52

Le Colocolo 55
L'Agrobate Rubigineux 57
Le Zorille Varié 59
Le Souslik 61
Le Plataniste 63
Le Téléphone 65
Le Plongeon Glacial 67

Renseignements complémentaires 68

Carnet d'adresses 73

Postface de Dominique Moncond'huy...... 77
Extrait du numéro 31 (1er avril 2002)
de *La Gazette des explorateurs*
lexicographes 79

CPI
AUBIN IMPRIMEUR

Composition réalisée par Nord Compo, Multimédia
7, rue de Fives, 59650 Villeneuve-d'Ascq

Achevé d'imprimer en mars 2013
N° d'édition : 53212/03 N° d'impression :1302.0352
Dépôt légal : août 2004
Imprimé en France par CPI Aubin Imprimeur